Kleine Geschichten und Märchen

zum Lesen und Nachdenken

Kleine Geschichten und Märchen

zum Lesen und Nachdenken

Bibliografische Information der Deutschen Nationalbibliothek:

Die Deutsche Nationalbibliothek verzeichnet diese Publikation in der Deutschen Nationalbibliografie; detaillierte bibliografische Daten sind im Internet über http://dnb.dnb.de abrufbar.

Autorin:
Gertrud Hörr

Korrektorat:
Autorenclub Donau-Ries

Herstellung und Verlag:
BoD – Books on Demand, Norderstedt

ISBN:
9783754309087

Inhaltsverzeichnis

Kleine Geschichten:

Märchen

Kleine Geschichten

Die Geschichte vom Schneemann, der den Sommer sehen wollte.

Der Winter ist gekommen. Es hat schon am Abend angefangen zu schneien und erst am nächsten Mittag aufgehört. Die ganze Familie freute sich darauf, einen großen Schneemann zu bauen. Alle halfen fleißig mit. Da wurden Kugeln gewälzt und aufeinander gebaut. Der Kopf bekam ein lustiges Gesicht. Als Augen dienten schwarze Eierkohlen und die Nase bestand aus einer großen Karotte. Auch ein alter Topf als Hut durfte nicht fehlen. Selbst Knöpfe an seinem Bauch wurden angebracht. Da stand nun der weiße Mann im Garten der Familie und wurde von allen Leuten bewundert.

Voller Stolz hielt er seinen Besen im Arm und man meinte fast, er würde vergnügt vor sich hin lächeln. Weil der Winter so kalt war, stand der stolze Kerl, bis die Frühlingssonne kam und die ersten Krokusse und Schneeglöckchen ihre Köpfe durch die Erde nach dem Licht streckten. Als der Schneemann die kleinen Blümchen sah, lachte er sie aus, weil er so groß war und so stolz. In diesem Moment kam ihm die Idee, dass er stehen bleiben würde um den Sommer zu sehen. Aber da lachten die kleinen Blütenknospen über ihn.

Und als dann die Sonnenstrahlen kräftiger wurden, begann er fürchterlich zu weinen. Da verlor er seine schwarzen Augen und seine rote Nase. Am nächsten Tag schien die Sonne noch fester. Da rannen dem dicken Schneemann die Schweißperlen über den Bauch, so dass er alle Knöpfe an seiner Jacke verlor und er wurde dünner und dünner. Als die Sonne am dritten Tag ganz fleißig schien, blühten die Schneeglöckchen und die Krokusse um ihn herum in ihrer ganzen Pracht und lachten den armen Kerl aus, weil er so erbärmlich aussah. Nichts war von seiner Schönheit übrig geblieben.

Da schämte er sich und musste noch mehr schwitzen und weinen, so dass bis zum Abend nur noch eine kleine Pfütze von ihm zu sehen war.

So musste auch der stolze Schneemann mit dem Winter sein Leben lassen und dem Frühling und seiner Blüten-pracht weichen.

Wir Menschen werden erinnert, dass jede Jahreszeit ihre eigene Freude bringt.

Die neugierige Maus,
die Weihnachten erleben wollte.

Am Rande der Stadt stand ein schönes Haus, in dem Helga und Winfried mit ihren Eltern wohnten. Hinter dem Haus war ein schöner Garten, in dem die beiden spielen konnten. An einer Ecke pflanzten die Eltern Gemüse und Salat an. Dort wohnte den ganzen Sommer eine lustige kleine graue Maus. Ihr gefiel es sehr gut, denn sie hatte jeden Tag genügend zum Verspeisen.

Als es Winter wurde, suchte sich die kleine Maus eine Ecke im Geräteschuppen hinter der Türe als Winterquartier. Dort standen geflochtene Körbe mit etwas Heu für den weißen Hasen Fridolin, den die Kinder so liebten. Auch das Futter war da gelagert, so dass das Mäuschen keine Not hatte. Eines Tages im Winter kamen die Kinder in den Schuppen, um ihre Schlitten zu holen. Plötzlich zog dem Mäuschen herrlicher Plätzchenduft um die Nase. Neugierig reckte es sein Köpfchen und ging dem Geruch nach. Als die Kinder ins Haus gingen, huschte es ganz leise mit durch die Türe und versteckte sich hinter den Schuhen. Als es Nacht wurde und alle im Bett waren, ging das putzige Tierchen auf Entdeckungsreise. Die schwarzen Äuglein wurden ganz groß über allem, was es da alles zu bestaunen gab. Erst als es Tag wurde, war es noch viel interessanter. Da waren viele verpackte und unverpackte Weihnachtsgeschenke zu bewundern. In allen Zimmern gab es bunte Lichter und glänzende Dekorationen zu entdecken. Und wie herrlich es überall duftete. Als es an der Speisekammer vorbeikam, roch es da so prima, dass es am liebsten schnurstracks hineingelaufen wäre. Leider fand das Mäuschen nirgends ein Loch, so sehr es auch suchte. Aber als es in die Küche kam, fand es unter dem Tisch ein paar Brösel, die vorzüglich schmeckten und den großen Hunger etwas stillten. Vor lauter neuen Entdeckungen wurde das Mäuschen bis zum Abend sehr müde und schlief neben der Speisekammer ein. Als am nächsten Morgen die Kinder aus ihren Betten in die Küche kamen, erschrak es ganz fürchterlich. Doch die beiden haben es gar nicht gesehen, weil sie sofort die Türe öffneten, um ihre Milch zu holen.

Mit einem blitzschnellen Sprung war das Mäuschen in der Speisekammer, in die es doch so gerne wollte. Da drinnen duftete es ja noch mehr als draußen. Sofort hob es das Näslein, um festzustellen, wo diese Leckerbissen zu finden wären.

Schnell war der Platz ausgeschnuppert, doch leider war der Behälter verschlossen. Als das kleine Mäuslein hörte, dass jemand kam, versteckte es sich hinter der Dose. Eines der Kinder kam, um zu naschen. Als sich der kleine neugierige Besucher bewegte, erschrak der Junge so sehr, dass er nur noch davonsprang. Diesen Moment nutzte das Mäuslein und probierte vom feinen Gebäck. Es schmeckte so gut, dass es beinahe vergas, aufzupassen. Aber als die Hausfrau die Speisekammer betrat und die Bescherung entdeckte, schrie sie vor lauter Schreck. Das kleine Mäuslein aber huschte vor Angst ganz schnell durch die offene Türe hinaus und versteckte sich draußen hinter dem aufgestellten Schlitten.

Und als die Türe zum Schuppen geöffnet wurde, flitzte es wieselflink wieder in sein Versteck.

Puh, dachte es sich, das war knapp. Aber es war ein besonderes Erlebnis, all die weihnachtlich geschmückten Zimmer zu sehen und von diesem herrlichen Gebäck zu naschen.

Das Mäuslein dachte sich, wenn es wieder Frühling wird, muss ich dieses alles meinen Freundinnen drüben auf der grünen Wiese erzählen. Die werden sich wundern, wenn ich so viel erlebt und den Weihnachtszauber der Menschen gesehen habe.

Jonas Besuch in der Stadt.

Der kleine Jonas ist zu Besuch bei den Großeltern in der Stadt. Das macht ihm meist besonders Spaß. Da gibt es nämlich viel zu sehen für den kleinen Knirps. Direkt vor Opas Haus geht eine große Straße vorbei. Da fahren den ganzen Tag viele Autos. Aber auch die Straßenbahn fährt dort auf ihren Schienen. An der Haltestelle schräg gegenüber steigen dann immer viele Leute ein und aus. Manche haben große Taschen mit ihrem Einkauf dabei. Andere nur einen Rucksack oder eine Schultasche.

Eines Tages, als es frisch geschneit hat, sagt Opa zu Jonas: „Heute fahren wir zum großen Park. Da ist ein Spielplatz mit einer schönen Rodelbahn." Gesagt, getan. Auf dem Speicher stand noch ein Schlitten. Opa erzählt dem Jungen, dass mit diesem schon sein Vater beim Rodeln war. Das war für Jonas etwas ganz Besonderes. Nach dem Mittagessen gibt die Oma dem Opa noch einen Rucksack mit, in den sie eine Thermosflasche mit warmem Tee steckt und dazu noch ein paar Kekse. Dann verabschiedeten sich die Beiden und gingen zur Straßenbahnhaltestelle. Opa trug den Schlitten und fragte den freundlichen Herrn an der Straßenbahn, ob er den Schlitten mitnehmen darf. Nachdem er die Erlaubnis dazu hatte, bezahlten sie und suchten sich einen Platz, an dem der Schlitten die anderen Fahrgäste nicht störte. Bis zum Park sind es fünf Haltestellen. Jonas horchte immer genau auf die Durchsage, die aus dem Lautsprecher kommt.

Am Ziel angekommen sagte Opa, dass sie jetzt aussteigen müssen. Es sind nur noch wenige Meter bis zum großen Park. Aber viele Leute stiegen hier aus und ein. Weil auf diesem Weg noch Schnee lag, konnte Opa den Schlitten ziehen. Jonas freute sich, dass er draufsitzen durfte.

Dann gingen die beiden zur Rodelbahn. Auf der Rückseite müssen sie den Schlitten hochschieben. Oben angekommen setzte sich erst Opa auf den Schlitten. Dann durfte sich der Junge davorsetzen. Opa gab dem Schlitten einen Ruck und schon sausen sie den Berg hinab. Jonas hat riesigen Spaß. Als der Schlitten unten ankam, packte Jonas die Schnur und stapfte sofort wieder durch den Schnee nach hinten. Als er wieder oben war, rief er Opa zu und fragte, ob er allein fahren dürfe. Aber Opa erklärte ihm, dass man das erst lernen müsse. Schließlich sind noch viele andere Kinder da. Er verspricht ihm aber, dass er ihm erklären wird, wie man bremsen und lenken muss, damit nichts passieren kann. Also wartete der Junge ganz ungeduldig. Er kann es kaum erwarten, alles zu wissen. Nach der dritten Fahrt darf Jonas lenken und zeigen, dass er es kann. Ebenso bremste er einmal zum Test, als sie unten ankommen. Das macht riesigen Spaß. Als Opa überzeugt ist, dass der Lausbub das Rodeln wirklich beherrscht, erlaubt er ihm, allein den Hügel hinunter zu sausen. Im Laufe des Nachmittags kommen immer mehr Kinder zu diesem winterlichen Vergnügen. Manche kommen mit den großen Geschwistern oder mit Opa oder anderen Begleitern. Die größeren kommen auch alleine. Sie kennen sich schon gut aus und sind die Rodelbahn gewöhnt.

Wenn dann die Kinder mit Rodeln so richtig ihren Spaß haben, stehen oft die Opas oder die anderen Erwachsenen, die die Kleinen begleiten, zusammen am Rande und unterhalten sich. Sie trinken ihren mitgebrachten Tee. Oftmals erinnern sie sich an ihre eigene Kindheit und tauschen ihre Erlebnisse von damals untereinander aus. Die Kinder merken vor lauter Schlitten fahren nicht, wie die Zeit vergeht.

Irgendwann sagte der Opa zu Jonas, dass es jetzt aber höchste Zeit wäre, nach Hause zu gehen. Am liebsten wäre Jonas noch geblieben, aber viele Kinder machen sich auch auf den Heimweg. Jonas ließ sich von Opa wieder zur Haltestelle ziehen und dann ging's mit der Straßenbahn wieder heim zu Oma. Die freute sich, als die beiden zu Hause ankamen. Jonas wurde gar nicht fertig, ihr alle Erlebnisse des Tages zu erzählen. Sogar nach dem Abendessen wollte er der Oma noch so vieles sagen. Aber er war so müde vom Aufsteigen und wieder Abfahren, dass er fast unterm Erzählen eingeschlafen wäre.

Oma versprach ihm, dass er alle seine Erlebnisse am anderen Tag fertig erzählen dürfe.

Da ging Jonas zufrieden ins Bett und träumte von lauter weißen Schneeflocken, die aus den Wolken fielen und die ganze Erde in ein weißes Kleid hüllten.

Schlittschuhlaufen in den Ferien
bei Opa und Oma

Der Winter ist mit seiner ganzen Kälte angekommen. Seit mehreren Tagen ist es frostig kalt. Das Wasser im großen Teich ist endlich zugefroren. Auf einer Seite vergnügen sich immer die Eisstocksportler. Auf einer anderen Ecke übt die Eishockey-Hobby-Mannschaft. Auf dem restlichen Eis ist noch genügend Platz zum Schlittschuhlaufen. Alt und Jung, Groß und Klein ziehen da ihre Bahnen. Jeder nimmt auf den Anderen Rücksicht, so dass sich niemand fürchten muss. Es ist ein Spaß für die ganze Familie. Mitten drin tummelt sich der kleine Peter und sein Bruder Eduard. Es macht den Jungs riesige Freude, hier auf dem Eis zu sein unter all den anderen Schlittschuhläufern. Peter und Eduard sind nämlich aus der Großstadt hier zum Dorf gekommen und machen bei Opa und Oma Ferien. In der Stadt gibt es zwar auch eine Eishalle, aber da kostet es etwas, wenn man zum Schlittschuhlaufen will. Das ist gar nicht so einfach. Hier bei Opa kann man einfach die Schlittschuhe nehmen und zum Weiher laufen. Wenn Opa Zeit hat, begleitet er die Enkel. Aber heute muss er andere Dinge erledigen. Dennoch fühlen sich die beiden wohl und toben mit den anderen Kindern aus dem Dorf. Sie waren schon öfter hier in Ferien und haben sich mit den Dorfkindern angefreundet. Ab und zu fällt auch jemand auf die Nase. Dann sind alle froh, wenn er oder sie wieder aufstehen und weiterfahren kann. Manchmal wenn es ruhiger ist, versuchen einige Jugendliche um die Wette zu laufen. Das macht Spaß, egal ob man mitlaufen kann oder einfach auch nur zuschauen. Die Kinder merken bei diesem Vergnügen gar nicht, wie schnell die Zeit vergeht. Aber als es dunkler wird, erinnern die Großen dann die Kleineren, dass es sicherlich Zeit ist, nach Hause zu gehen. Bei Oma angekommen, merken die Buben erst, dass es doch ein anstrengender Nachmittag war. Sie bekommen von Oma eine Tasse warmen Kakao zu trinken. Dann setzen sie sich in eine Ecke und spielen noch ein wenig, um etwas auszuruhen vor dem Abendessen. Nach so einem interessanten Nachmittag freuen sich die Kinder noch auf ein gemeinsames Spiel mit den Großeltern.

Bevor es Zeit ist zum Schlafen, liest der Opa den beiden noch eine schöne Geschichte vor. Nach diesem erlebnisreichen Tag auf dem Eis in der frischen Luft schlafen sie aber dann ganz schnell und zufrieden ein.

Ein Marienkäfer geht auf Reisen

Als der Winter vorbei war, kroch das kleine rote Marienkäferchen mit seinen schwarzen Pünktchen auf dem Rücken aus seinem Winterquartier hervor. Ganz vorsichtig und noch halb verschlafen blinzelte es in die helle Frühlingssonne. Es sagte dann zu seiner Mutter, dass es nun die Welt erkunden möchte, weil es vom langen Winter richtig Hunger hätte. Zögerlich krabbelte es unter einem Blatt hervor und langsam streckte es sich. Dann probierte es seine Flügel aufzuschlagen, und zu starten. Weil es vom langen Schlafen noch ganz unbeholfen war, musste es erst ein paar Flugversuche machen. Doch dann klappte es ganz prima. So flog es zu den ersten Blättern und Blüten, die aus dem Boden spitzelten. Guten Tag, ihr lieben Blümchen, begrüßte das kleine Käferchen die saftig-zarten jungen Triebe. Diese freuten sich über den Besuch des kleinen Krabblers, weil er die Blattläuse fraß, die den jungen Blättchen zu schaffen machten. Dann setzte es seine Reise fort und besuchte auch den Kirschbaum. Der strahlte schon von weitem, weil seine ersten Blütenknospen aufplatzten. Auch hier fand der getupfte hungrige Kerl jede Menge Futter.
Außerdem gab es auf seinen Ausflügen viel zu sehen. Als es eines Tages wieder unterwegs war und genug gefressen hatte, setzte es sich an einem Fensterbrett nieder, um sich ein wenig zu sonnen. Da kam ein kleiner Junge und sein Schwesterchen vorbei und entdeckten es. Sie sahen es eine

Weile an und versuchten dann, es in die Hand zu nehmen. Da bekam das kleine Käferchen einen mächtigen Schrecken und probierte davonzufliegen. Weil es die Kinder nicht gleich loslassen wollten, konnte es nicht entkommen. Sie trugen das Käferchen mit dem roten Kleidchen zu der Mutter und zeigten ihr ihren schönen Fund. Diese sprach zu den Kindern, dass so ein kleines Tierchen kein Spielzeug ist und dass es auch Angst hat, weil es so klein ist und die Kinderhand dagegen riesig wäre. Dann erklärte sie den beiden, sie sollten es ganz vorsichtig an den Fingerchen hochkrabbeln lassen und dabei stillhalten. Der Junge versuchte es und musste gut aufpassen. Denn als das Käferchen tatsächlich nach oben krabbelte, verspürte er am Finger ein lustiges Kitzeln. Oben angekommen, hob es seine kleinen Flügelchen, drehte sich einmal und flog davon. Die Kinder sahen ihm noch kurz hinterher und schon war es verschwunden.

Es freute sich über seine neue Freiheit und besah sich die Welt von oben. Es flog über viele Blumen, Bäume, Sträucher und Wasser. Wann immer es Hunger hatte, setzte es sich an einer Pflanze oder an einer Blume nieder. Manchmal auch an den Obstbäumen, denn überall gab es Blattläuse. Diese waren die Lieblingsspeise des kleinen Käferchens.

Und wenn es am Abend müde war, flog es heim zu seiner Mutter und zu seinen Geschwistern. Dort erzählten sie sich gegenseitig von ihren Erlebnissen des Tages.

Schweinchen Fritzi macht einen Ausflug

Beim Bauern neben dem Waldrand lebte eine Schweine-
herde. Dort ging es eigentlich allen gut. Sie hatten jeden
Tag genug Futter und auch Wasser.
Das kleine Schweinchen Fritzi durfte den ganzen Tag mit
seinen Geschwistern im Stall auf dem Stroh herumtollen.
Wenn das Wetter besonders schön war, durften die kleinen
Ferkelchen hinter dem Stall auf der kleinen Weide mit den
Kälbchen um die Wette springen. Das machte allen riesigen
Spaß. Manchmal kamen die kleinen Kätzchen zu Besuch
und wollten auch mitspielen. Das war immer besonders
schön, fand Fritzi.
Doch dann hatte er beobachtet wie ein Kätzchen durch ein
Loch am Zaun schlüpfte und geradewegs zum Wald sprang.
Und weil das Kätzchen nicht mehr umkehrte, wurde Fritzi
neugierig. Er dachte, ich will mal nachsehen, was es da In-
teressantes zu entdecken gibt. Ganz aufgeregt suchte er
das Loch am Zaun. Als er es gefunden hatte, quiekte er vor
Freude und sprang geradewegs zum Wald. Da gab es vieles
zu entdecken. Es begegnete dem jungen Häschen Langohr
und fragte, ob er hier wohne. Er zeigt dem Ferkel seinen
Bau und wollte wissen, wo er zuhause wäre. Fritzi sagte:
„Ich wohne beim Bauern im Dorf und mache einen Ausflug." Das freute Langohr und er begleitete Fritzi durch den
Wald. Eigentlich wäre Fritzi viel lieber allein auf Entde-

ckungsreise gegangen. Aber der Hase erzählte dem neugierigen Genossen, von den vielen Gefahren, die es im Wald gibt. Also ließ sich Fritzi die Begleitung gefallen.

Langohr zeigte Fritzi wo das flinke Eichhörnchen wohnte. Sie besuchten auch die Igelfamilie Stachelrücken. Bald kamen sie an eine Lichtung. Dort hatte sich Familie Reh versammelt zum Mittagessen. Verwundert blickten sie auf den fremden Gast. Sie beäugten ihn fast ängstlich. Aber das Häschen beruhigte die hungrige Gesellschaft und erklärte ihnen, dass Ferkelchen nur einen Ausflug mache. Also ließen sich die Rehe ihre Mahlzeit schmecken. Die beiden neuen Freunde zogen weiter und sprangen wieder zwischen den Bäumen umher. Das Ferkel meinte, wir könnten doch hier etwas toben und verstecken spielen. Häschen Langohr erklärte ihm, dass es tiefer im Wald doch sehr gefährlich sei. Er meinte, nach 200 Hasenmetern hätte der Fuchs Rotschwanz seinen Bau. Der könnte richtig wütend werden, wenn sie ihm zu nahe kommen würden. Da wollten sie doch lieber einen kleinen Umweg machen.

Als sie eine Weile weitergesprungen waren, meinte Langohr, jetzt sollten sie nach links abbiegen, da hätte Ferkel Fritzi wohl Verwandte. Gespannt sprang er dem Hasen nach. Nach einer kurzen Rast ging's noch um zwei Bäume und etwas Gestrüpp. Dann sah Fritzi eine ganze Rotte Wildschweine. Fritzi ist beim Anblick fürchterlich erschrocken und wäre am liebsten umgekehrt. Er meinte zu seinem Begleiter das wären nicht seine Verwandten. Die sehen doch furchtbar aus. Die will ich nicht besuchen. Als sich aber die

Jungen hervorschlichen und neugierig schauten, wer sie besuchen käme, freute sich Fritzi doch und ganz mutig trottete er näher. Die Frischlinge begrüßten das kleine rosafarbene Ferkel und fragten es gleich, wo es denn herkäme, weil es so eine sonderbare Farbe hätte. Fritzi gab gerne Auskunft und erzählte, dass er im Dorf auf einem Bauernhof lebte und dass dort auch seine Mama und seine Geschwister wären. Die sehen alle so aus wie ich, sagte er. Aber bei den wild herumsausenden Gesellen gefiel es ihm ganz besonders gut. Sie spielten zusammen und tollten im Dreck herum, bis Fritzi fast genauso aussah, wie seine neugewonnenen Freunde. Als es schon fast finster wurde, rief der Hase, dass es Zeit sei nach Hause zu gehen. Wir finden sonst nicht mehr ins Dorf zurück. Das fand Fritzi sehr schade. Aber die Wildschweineltern erklärten ihm, dass sich seine Mama bestimmt schon Sorgen machen würde, weil es fortgelaufen ist.

Also verabschiedete sich das Ferkel und machte sich mit Langohr auf den Heimweg. Schon von weitem merkte es, dass auf dem Hof eine wilde Aufregung herrschte. Alle waren auf den Beinen und suchten Fritzi. Laut quietschend sprang das Ferkel zu seiner Mutter und alle freuten sich und waren glücklich, dass Fritzi wieder zu Hause war. Fritzi erzählte den anderen von seinen Erlebnissen im Wald.

Die Mutter erklärte ihm aber, dass zwar wieder alles gut sei, weil er einen guten Begleiter hatte. Aber dass er nie mehr alleine einen Ausflug machen dürfe, weil das sehr gefährlich wäre. Das musste Fritzi versprechen. Und weil er von

seiner Reise sehr müde war, legte er sich sofort in sein wei-
ches Strohbett. Da hat er glücklich geschlafen bis zum anderen Morgen und war sehr froh, dass Langohr ihn wieder
nach Hause gebracht hat. Er sagte zu seinen Geschwistern,
dass es doch sehr schön sei, wenn man gute Freunde hat.

Familie Igel wohnt im Garten

Im Garten unter der großen Eibe hat sich ein Igelpärchen ein Nest gebaut. Dort wohnten sie nun gemeinsam und freuten sich. Mama Igel sollte demnächst Igelbabys zur Welt bringen. Papa Igel war schon ganz aufgeregt und freute sich auf die Kinder. An einem schönen Frühsommertag war es endlich so weit. Mama Igel hat zwei winzige Igelchen geboren. Sie waren so klein, dass sie sich ganz unter der Igelmama versteckten. Da war es schön warm. Sie hatten auch mächtig Hunger und schmatzten ganz gierig bei ihrer Mama die Igelmilch. Der ganze Tagesablauf bestand für die beiden Winzlinge aus essen beziehungsweise trinken und schlafen. Die Igeleltern ließen es den Kleinen an nichts fehlen. In dieser kuscheligen Kinderstube wurden die beiden schnell größer.

Eines Tages sagte der Igelmann zu seiner Frau: „Wir sollten unseren Kindern Namen geben. Sie sollen immer gleich wissen, wer gemeint ist, wenn wir sie rufen." Also geschah es, dass der eine Pieks und der andere Stupf genannt wurde. Die Mama Igel hat nämlich gespürt, dass die Kinderchen bereits richtig feste Stacheln bekamen. Die haben auch ganz schön gepikst und gestupft, wenn sie ganz nah an die Mama geschlüpft sind. Sie wollten immer gerne kuscheln und sich wärmen lassen. Dies war eine besondere Freude für die beiden. Sie merkten bald, dass es auch andere feine Dinge zu essen gibt, als die Milch der Mama.

Und wenn Papa Igel von seinen Ausflügen heimkam und feine Leckerbissen mitbrachte, waren sie immer ganz aufgeregt. Am liebsten hätten sie nicht geteilt. Aber Papa Igel erklärte ihnen, dass es im Leben wichtig ist, nicht alles nur für sich alleine zu wollen. Man müsste auch teilen können. Es kann nicht einer alles haben und der andere muss hungern. Also teilten sie redlich und spielten friedlich zusammen.

Als sie groß genug waren, sagte Mama Igel zu ihrem Mann: „Morgen nehmen wir unsere Kinder mit auf Nahrungssuche. Ihre Stacheln sind so fest, dass sie sich ganz gut verteidigen können. Wir wollen es ihnen erklären und erst mal einen kleinen Ausflug wagen." Papa Igel war damit einverstanden. Weil die Igel aber andere Zeiten zum Schlafen und für ihre Igelarbeit haben, beginnt bei ihnen der Igeltag meist gegen Abend, wenn es dunkel wird.

Also sagten die Eltern zu Pieks und Stupf: „Heute machen wir alle zusammen eine kleine Wanderung. Ihr dürft selbst versuchen, euer Abendessen zu fangen. Aber nehmt euch in Acht, dass ihr in unserer Nähe bleibt. Es gibt viele Gefahren. Wenn jemand kommt, der es nicht gut mit euch meint, geben wir euch ein Zeichen. Dann rollt ihr euch ganz schnell winzig klein zusammen. So werden eure Stacheln zu eurem Schutz. Dann kann euch niemand wehtun. Also seid vorsichtig und folgt uns. Denn wenn ihr nicht aufpasst, werdet ihr ganz schnell verletzt oder gar aufgefressen." Der Igelpapa sagte: „Ich gehe voraus, ihr folgt mir und Mama kommt hinter euch her." Das war vielleicht eine Aufregung für die beiden. Besonders Pieks war etwas ängstlich. Sein Bruder dagegen war ziemlich neugierig. Am liebsten hätte er sich überall umgesehen. Aber Mama Igel rief ihn immer wieder zurück. Sie erklärte ihm, dass er doch erst lernen muss, wo es für ihn gefährlich ist. Und er muss erst wissen, wo es etwas Gutes für ihn zum Essen gibt. Also wanderten sie durch den Gemüsegarten. Dort saßen am Salat einige Schnecken. Vor lauter Hunger merkten sie nicht, dass Familie Igel kam. Da war es für sie auch schon zu spät. Papa Igel hat sie bereits entdeckt. So lernten die Kinder, wann sie was zu tun hatten. Am liebsten wären sie noch weiter fort gelaufen. Aber die Igelmama sagte: „Es reicht für heute. Wir gehen jetzt zurück zu unserem Nest. Ihr könnt noch nicht so schnell laufen. Bis wir zu Hause sind, ist es höchste Zeit für euch, zu schlafen!" Nur ungern folgten die zwei munteren Kerlchen.

Als sie aber daheim waren, taten ihnen ihre kleinen Beinchen weh. Der erste Ausflug war doch anstrengend. Sie waren richtig froh, ins Nest zu schlüpfen. So legten sie sich ganz müde und erschöpft in ihre Ecke zum Schlafen. Dort träumten sie fast die ganze Igelnacht lang von ihrem ersten gemeinsamen Ausflug. Sie wollten noch oft mit den Eltern auf Futtersuche gehen. Dabei gab es noch viel zu erleben und zu entdecken. Und vor allem konnten sie von Mama und Papa doch so viel lernen.

Sie nahmen sich ganz fest vor, immer aufmerksam zu sein, dass sie später einmal gut in ihrem Igelleben zurechtkommen würden.

Die Geschichte vom
wasserscheuen Fröschlein

In einem großen Teich im Park lebten einmal viele Frösche. Manche wohnten dort mit den Froschfrauen und den Froschkindern. Bevor die kleinen Frösche Froschkinder werden, müssen sie als Kaulquappen im Teich herumschwimmen und wachsen. Dann erst werden richtige Froschkinder aus ihnen. Also sausen die Kaulquappen den ganzen Tag durchs Wasser. Sie möchten sich am liebsten gar nicht hinlegen oder für eine Weile stillsitzen. Das Wasser ist ihr Lebensraum.

Eines Tages wurde aus einer kleinen Kaulquappe ein kleines ängstliches Fröschlein. Seine Eltern nannten es Piep-hops, weil es ganz leise quakte. Am liebsten setzte es sich am Ufer unter ein Blatt und rührte sich nicht. Mama und Papa Frosch Grünkittel brachten ihm immer was zum fressen, dass es groß werden sollte. Der kleine Piep-hops wollte aber nicht groß und stark werden. Er wollte auch gar nicht selber Mücken und Fliegen fangen. Er hatte immer Angst, dass er ins Wasser fallen und ertrinken könnte. Eines Tages sagten seine Eltern zu ihm: „Geh doch auch zum Schwimmen. Das Wasser ist ganz herrlich. Da schwärmen auch viele Mücken. Es wird Zeit, dass du mal baden gehst und dass du dir dein Essen selber fangen kannst." Klein Piep-hops fand das keine gute Idee. Er verkroch sich immer wieder unter dem großen Blatt. Da sagte Papa Frosch zu ihm:

„Wenn du jetzt nicht mit mir ins Wasser gehst, dann kannst du nie lernen, was alle deine Geschwister und deine Verwandten können!" Doch Piep-hops meinte, das möchte er auch gar nicht. Er möchte nur seine Ruhe haben. Also ging der Vater Frosch allein zum Teich.

Plötzlich bewegte sich das große Blatt, unter dem das Fröschlein saß. Da bekam es einen riesigen Schrecken, dass seine kleinen Füßlein zitterten. Als er sich umsah, entdeckte er den jungen Schwan Flaumfeder von nebenan. Der sagte zu ihm: „Na du sitzt ja schön hier herum. Und so ganz alleine. Du bist eine leichte Beute. Da drüben auf der Wiese steht der Storch Rotschnabel. Er ist auf der Suche nach Futter für seine Kinder. Komm schnell mit mir in den Teich. Wir schwimmen zur tiefsten Stelle in der Mitte. Da kann er uns bestimmt nicht finden!" Piep-hops klagte dem kleinen Schwan sein Leid. Er erzählte ihm von seiner Angst vor dem Wasser. „Nun gut", sagte dieser, „deine Entscheidung. Ich verziehe mich lieber, bevor er kommt. Er setzt nämlich schon seine Flügel in Bewegung."

„Halt!" rief das Fröschlein mit zittriger Stimme: „Nimm mich doch mit, ich kenne mich nicht so aus wie du."

Er merkte, dass Flaumfeder es gut mit ihm meinte und so vertraute Piep-hops sich der Führung des Schwanenkindes an. Gerade als sie ins Wasser sprangen und wegschwammen, spürte er den Flügelschlag von Rotschnabel über sich. Aber weil er vor dem Storch noch mehr Angst hatte, als vor dem Wasser, tauchte er schnell hinein. Er schwamm mit Flaumfeder bis zur Mitte des Teiches.

Auf einem Seerosenblatt ruhte der arme Kerl erst mal aus. Er war ganz außer Atem. Das Schwimmen hat ihn sehr angestrengt. Das Schwänchen erklärte ihm, dass es das nun jeden Tag üben muss. Dabei könne er auch gleich seine Fliegen selbst fangen. Das macht viel Spaß, erzählte sie ihm, dann müsse man nicht immer warten, bis die Eltern was vorbeibringen. Außerdem kann man im Wasser oder auf den Seerosenblättern ganz viele Spiele und Scherze mit den Kameraden machen. Es ist doch sehr langweilig und einsam, immer allein am Ufer zu sitzen und warten. Unabhängig davon lauern da draußen viele Gefahren. Du hast soeben gesehen, wie schnell Storch Rotschnabel oder ein anderer Feind kommt und dich schnappt.

Also geh lieber ins Wasser und vergnüge dich mit deinen Freunden. Es ist doch schade um jeden schönen Tag, an dem man nicht gespielt und nichts gearbeitet hat. Du musst wissen, das Mücken und Insekten fangen ist die Arbeit von euch Fröschen. Und ich kann dir sagen, es ist ein beruhigendes Gefühl, wenn man am Abend weiß, dass man sich sein Essen für den vergangenen Tag selbst verdient hat.

In der Nacht ist allerhand geboten

Eines Abends, als die Dämmerung über dem Wald Einzug gehalten hatte, sagte Mama Rita Wildschwein zu ihren Kindern: „Heute Nacht wollen wir mal einen Familienausflug machen. Ihr seid nun alle drei groß genug, um mit hinaus zu gehen und nach Herzenslust zu futtern. Schließlich müsst ihr lernen, euch selbst um eure Nahrung zu kümmern. Aber ihr müsst versprechen, dass ihr immer artig bei mir und den Tanten bleibt. Da draußen lauern nämlich viele Gefahren." Die drei Kleinen versprachen es der Mutter ganz feierlich und freuten sich auf das neue, unbekannte Nachtleben. Natürlich wussten sie noch nicht, dass sich bei der Nacht gar viele Tiere draußen bewegen. Nach einigen Anweisungen machte sich Familie Wildschwein auf den Weg zum Waldrand. Von dort wollten sie zum nahe gelegenen Maisacker ziehen. Kaum jedoch waren sie aus ihrem Versteck herausgetreten, schlich der Igel Isidor vor ihnen über den Weg. Rita Wildschwein hielt einen kleinen Plausch mit Isidor und dann zogen sie weiter. Plötzlich erschraken die Kinder ganz fürchterlich und schrien, sie wollten nicht mehr weiter. Auf die Frage der Mutter nach dem Warum meinten sie, es wären doch soeben ein paar Gespenster an ihnen vorbeigehuscht. Da musste Mama Wildschwein herzhaft lachen und erklärte den Kindern, dass es doch gar keine Gespenster gäbe. Das war nur die Fledermaus Petra Pfeil-schnell mit ihrer Freundin. Die seien eben auch nachts unterwegs und genauso hungrig wie sie.

Als sich die Kinder von diesem Schrecken erholt hatten, ging die Reise weiter. Rita Wildschwein konnte es fast nicht erwarten, ins Maisfeld zu kommen. Der Hunger und die Freude auf das köstliche Mahl war groß. Aber sie wusste, dass der erste Familienausflug viel Geduld erfordert. Trotzdem trieb sie den Nachwuchs zur Eile an.

Da knackte es schon wieder im Unterholz und die Rasselbande blieb erschrocken stehen. Die ungeduldige Rita vernahm die Stimme ihrer Freundin Petra Sauzahn. „Na, alte Kameradin, auch auf dem Weg zur Nahrungsquelle?" Rita machte sie auf die Familie aufmerksam. Eine kurze Wegstrecke trotteten sie gemeinsam. Doch dann ging es der Freundin zu langsam und sie setzte sich wieder ab. Also konzentrierte sich Rita ganz auf die Familie. Die Kleinen entdeckten auf diesen Wegen so viel Neues, dass nun Mama Wildschwein den neugierigen und doch so ängstlichen Nachwuchs ermahnte, etwas schneller den Verwandten zu folgen.

Doch plötzlich, o Schreck, was war denn das schon wieder? Die Mutter rief: „Jetzt beeilt euch endlich, das ist doch nur die Eule bei ihrem nächtlichen Streifzug durch den Wald!" Endlich waren sie am Waldrand angekommen. Rita Wildschwein belehrte die Rasselbande nochmals, wie sie sich dort drüben im Maisfeld verhalten müssen, damit sie sich nicht verlaufen zwischen den Stängeln. Dann ging's ruck-zuck im Schutze der Nacht hinüber zum Futterplatz. Kaum angekommen, stellten sie fest, dass viele Große und Kleine aus der Verwandtschaft und den Freunden schon hier waren. Sie alle waren unterwegs und hungrig. Aber so ein Maisacker bietet schließlich für jeden Einzelnen genügend Leckerbissen. Also fraßen sie sich richtig satt. Die Jungtiere spielten zwischendurch. Es war für sie ein großer Spaß, sich zwischen den Maisreihen auszutoben. Sie endeckten dabei viel Neues. Da stolperte eines der Kinder über einen Maulwurfshügel und zerstörte einen Teil von Maulwurf Rüssel-Pauls Gängen. Der erwachte, erschrak und schaufelte schnell wieder seine Wege frei, fuhr heraus und wollte wissen, wer ihm seine Wohnung zerstörte. Als er die Wildschwein-Rasselbande toben sah, zog er aber ganz schnell seinen Kopf wieder ein, brachte sich im Untergrund in Sicherheit und schlief weiter. Doch plötzlich wurden einige der erwachsenen Tiere ganz still und horchten auf. Ihre Lauscher vernahmen ein bedrohliches Geräusch und sie erkannten es sofort als Gefahr für die ganze Horde. Augenblicklich gaben sie einige Warnlaute an ihre Kameraden weiter. Ein Fahrzeug kam den Weg entlanggefahren. Die Wildschweinmutter befahl den Kindern, sich ganz still bei ihr aufzuhalten, da es gefährlich werden könnte. Das taten diese dann auch ganz folgsam.

Nun hörten sie ein leises Quietschen. Der Fahrer des Wagens öffnete die Türe und stieg aus. Dann holte er aus dem Kofferraum sein Jagdgewehr. Die Wildschweine konnten diese Situation zwar nicht sehen. Jedoch ahnten sie sofort, dass irgendetwas Gefährliches in der Luft lag. Da, ein kurzes Knacken und dann durchzog der Knall eines Schusses die angespannte Atmosphäre und gleich hinterher peitschte ein Zweiter in die gespenstische Stille. Pulvergeruch durchzog die Nachtluft. Für einen kurzen Moment standen die Wildschweine wie erstarrt, um dann im nächsten Moment loszurennen und sich im Wald in Sicherheit zu bringen. Der Jäger musste sich selbst in Acht nehmen, dass er von den wilden Rotten nicht überrannt wurde. Trotzdem legte er sein Gewehr wieder an und versuchte mit mehreren Schüssen den Maisdieben das Leben schwer zu machen und möglichst einige zu treffen.

Rita Wildschwein war froh, dass sie im Gedränge der Artgenossen und im Schutze der Nacht ihre Familie wieder heil zum Wald brachte. Nicht alle hatten dieses Glück. Leider mussten ein Jungtier der Nachbarin und ein alter Keiler ihr Leben lassen. Der Jäger jedoch war froh, zwei dieser Schwarzkittel erlegt zu haben. Andererseits wurmte es ihn gewaltig, dass er nicht mehr Beute gemacht hatte bei dieser großen Zahl Sauen und Keiler, die da aus dem Maisfeld kamen und den Weg zum Wald eingeschlagen hatten.

Als sie wieder im dunklen Wald in Sicherheit waren, schnauften sie erst mal tief durch. Da sagte Mama Wildschwein zu den Kindern: „Nun habt ihr gleich beim ersten Ausflug erlebt, wie schnell eine Gefahr lauert, wenn man sich dort hinausbegibt. Also lernt daraus, immer den Anweisungen der Erwachsenen zu folgen." Als sie da noch so redeten, schlich sich der Marder Nagezahn von seinem nächtlichen Streifzug nach Hause. Er fragte bei Rita nach, was denn das für ein Geknalle gewesen sei. Er war im Dorf auf der Suche nach einer geeigneten Mahlzeit und sei bis dort hinüber noch mächtig erschrocken. Die Wildschweinmutter erzählte ihm vom Erlebten und dass ihr jetzt noch der Schreck in allen Gliedern säße. Der Marder staunte nicht schlecht.

Da flatterten auch die Fledermaus Petra Pfeilschnell und ihre Freundin wieder nach Hause, zumal es in der Zwischenzeit schon leicht dämmerte. Am Horizont konnte man bereits die Morgenröte erkennen.

Alle Tiere mussten feststellen, dass dies wieder einmal eine aufregende Nacht gewesen war. Gott sei Dank ist für die meisten alles wieder gut ausgegangen. Also trabte auch Rita Wildschwein mit ihrer Familie den Rest des Weges heimwärts bis zu ihrem Unterschlupf. Obwohl die Rasselbande nun sehr aufgeregt aber auch müde war, war es für sie interessant, wie erlebnisreich es sein konnte, wenn so eine Nacht für sie zum Tage wurde. Und so freuten sie sich schon auf den nächsten Ausflug mit der Mama.

Herr und Frau Ente gründen eine Familie

Die Ente am Seeufer hat zusammen mit ihrem Enterich ein schönes Nest gebaut. Sie haben sich einen geschützten Platz zwischen ein paar dichten Sträuchern ausgesucht. Dann legte die Ente ihre Eier ins weich gepolsterte Nest. Als es genug Eier waren, setzte sie sich darauf, um sie warm zu halten, damit in den Eiern junge Entenküken heranwachsen konnten. Als es so weit war, knackten unter ihr nacheinander die Eierschalen. Die jungen Entenküken versuchten sich aus den Schalen zu befreien. Endlich geschafft, waren sie von dieser Arbeit total erschöpft. Sie mussten sich erst einmal gründlich erholen. Dann jedoch meldete sich der erste große Hunger. Unermüdlich mussten die Eltern Futter herbeischaffen. Weil die jungen Entenküken aber noch ohne Federkleid in ihrem Nest saßen, mussten sie stets kräftig gewärmt und geschützt werden. Die Enteneltern hatten also genug zu tun, das Futter zu beschaffen, die Jungen zu wärmen und immer auf der Hut vor dem Feind zu sein. Denn Feinde gab es für die kleinen Zappler genug. Immer wieder zog der Habicht seine Kreise und schaute sich nach Nahrung für seinen Nachwuchs um. Ab und zu streunte auch ein Fuchs durchs Gebüsch. Die Entenkinder mussten also gegen allerlei Gefahren verteidigt werden. Sogar vor unvernünftigen Menschen mussten die Enteneltern ihre Winzlinge schützen. Das war echt Schwerstarbeit für die beiden. Doch schon bald entwickelten sich die Küken kräftig und bekamen nach und nach ihr Federkleid.

Nach ein paar Wochen war es dann so weit. Die Entenmama verkündigte ihren Kindern, dass es nun Zeit sei, selbst ins Wasser zu gehen. Die meisten freuten sich darauf. Nur eines hatte irgendwie Angst davor. Es wäre am liebsten im Nest geblieben. Mama Ente aber sagte, es müsse sein, dass sie alle schön hinterherkommen und auch zu ihr ins Wasser gingen. Also folgte auch das angsterfüllte Küken den Anweisungen. Es war ein schönes Bild, als die Entenmama voraus im Wasser losschwamm und alle Jungen artig hinterdrein hüpften und ebenfalls zappelten und schwammen. Es war wirklich ein herrliches Treiben, wie die kleinen Entchen strampelten, wenn es der Weg erforderte, gegen die Strömung zu schwimmen. Die ersten Male war die Entenmama den Kleinen noch behilflich bei der Nahrungssuche. Sie mussten aber lernen, wie es ging, sich selbst zu versorgen. Bald klappte es ganz gut und die Jungen hatten riesigen Spaß im Wasser herumzutoben und zu tauchen.

Spielerisch lernten sie auch untereinander, sich zu verteidigen und durchzusetzen. Aber wenn es sein musste, auch den Zusammenhalt zu üben. Die Entenküken mussten schließlich lernen, wie man im Leben mit Freund und Feind zurechtkommen konnte.

Das geht den Tierkindern nicht anders als den Menschenkindern.

Die Blume am Wegesrand erzählt

Auf einer schönen großen Wiese am Waldrand standen viele bunte Blumen in leuchtenden Farben. Sie dufteten weithin und waren für viele Schmetterlinge, Hummeln und Bienen ein wunderbares Zuhause. Die fliegenden Gäste fanden viel Nahrung und konnten sich den ganzen Sommer sattessen. Doch plötzlich kamen fremde Männer über die Wiese und zeigten in verschiedene Richtungen. Sie nahmen keine Rücksicht auf die bunten Blumen. Zwei Tage später war plötzlich ein riesiger Lärm. Große Maschinen und Bagger kamen auf die Wiese gerollt. Sie fingen an, die Erde abzuschieben und baggerten sie auf große Lastautos. Mit Getöse fuhren sie ihre Ladungen an einen anderen Platz. Immer wieder kamen weitere Fahrzeuge und Maschinen gefahren. Sie hatten unterschiedliche Arbeiten zu tun und wurden danach wieder beiseite gefahren. Die einen schoben einen breiten Streifen durch das Gelände. Andere brachten mit großen Muldenkippern Kies und Steine. Plötzlich kam ein Mann mit einer großen Walze gefahren und rangierte ständig darauf hin und her. So lange bis alles glatt war.

Zuletzt kam eine große Maschine angefahren und hat eine stinkige schwarze Teerschicht aufgebracht.

Das kleine Blümlein stand traurig an seinem Platz. Es hatte große Angst, dass es auch so umgefahren werden würde wie seine Artgenossen. Doch es durfte stehen bleiben. Als die Straße fertig war, fuhren jeden Tag viele Autos und LKW an dem kleinen Blümlein vorbei. Jedes Mal kam ein großer Windstoß und schüttelte die bunte Blüte hin und her. Es konnte sich gar nicht beruhigen. Es fand keine Ruhe mehr. Nicht einmal bei der Nacht konnte es sich erholen. Fast kein Schmetterling und keine Biene besuchte die kleine Blüte. Es ist nicht mehr schön, hier zu sein, dachte das Blümlein traurig.

Die Autos machten viel Staub und Dreck. So wurde das Blümlein ganz schwarz und konnte fast nicht mehr atmen.

Dann kam der Herbst. Das Blümlein verwelkte und zog sich über den Winter in die Erde zurück. Als im Frühling die Sonne kam, wurde es wieder geweckt. Es wuchs hervor und musste mit Schrecken feststellen, dass immer noch so viele Autos vorbeidonnerten. Am liebsten wäre es wieder in der Erde versunken. Doch plötzlich kam ein alter Bekannter vorbei. Es war der kleine Schmetterling Fridolin, der auch schon ausgeschlafen hatte. Er flüstere dem Blümchen zu, es solle nicht mehr traurig sein.

Als es sich umsah, entdeckte es hinter sich neue, junge Blümchen. Sie alle waren im Herbst vom Wind hergetragen worden und jetzt gewachsen.

Als das kleine Blümlein sah, dass es nicht mehr alleine war, freute es sich sehr. Es war gar nicht mehr so traurig über die große laute Straße.

Außerdem waren wieder fremde Männer hier. Sie arbeiteten am Rand der Wiese entlang. Als sie fertig waren, wurden Bäume und Büsche gepflanzt. So musste das kleine

Blümchen am Rande der Straße nicht mehr die ganze schmutzige Luft über sich ergehen lassen. Es schaute von unten zwischen den Bäumen durch auf das Treiben auf der Straße.

Es freute sich, dass nicht mehr so viel Staub und Dreck bis auf die Wiese kam. Die Schmetterlinge und Bienen kamen wieder zu Besuch.

Fast war alles so wie früher und die Menschen, die vorbeifuhren dachten nicht daran, dass wegen ihrer Straße beinahe eine ganze Blumenwiese zerstört worden wäre.

Die Lebensreise eines Wassertropfens

Am Himmel hing eine große dunkle Regenwolke. Darin tummelten sich viele kleine Regentropfen. War das ein Gedränge. Die Wolke war so voll geworden, dass die kleinen Tropfen fast keinen Platz mehr hatten. Sie schoben und drückten sich gegenseitig so fest, dass irgendwann die Wolke platzte und die kleinen Regentropfen durch das Loch herausplumpsten. Welch ein Schreck. Nun purzelten sie nacheinander und nebeneinander durch die Luft. Da kam auch noch ein Wind daher, der sie kräftig durcheinanderwirbelte. War das eine stürmische Reise für die kleinen Tröpfchen. Auf ihrem Weg zur Erde konnten sie erst gar nicht viel sehen, weil sich die Sonne versteckt hatte. Erst nach einer Weile sahen sie auf der Erde Tiere springen, die sich in einen Stall oder unter ein Dach verstecken wollten. Auch die Menschen suchten Schutz in ihren Häusern. Manche trugen einen Regenschirm mit sich, um sich zu schützen oder versuchten, sich irgendwo unterzustellen. Die kleinen Tropfen freuten sich über ihre Freiheit und konnten gar nicht verstehen, warum sich die großen Menschen und Tiere vor ihnen fürchteten. Sie konnten doch gar nicht zwicken oder beißen. Sie waren nur harmlose Wassertropfen. Ohne sie könnten die Leute auf der Erde doch gar nicht leben. Also tanzten sie lustig durch die Luft und ließen sich vom Wind hin und her treiben, bis sie auf der Erde ankamen. Die einen fielen gleich wieder ins Wasser großer Seen oder Flüsse und wurden mit der Masse fortgetragen. Andere fielen zwischen Blumen im Garten. Diese freuten sich darüber, weil die Erde schon ganz trocken war. Auf allen Dingen, die auf der Erde waren, setzten sich die kleinen Regentropfen nieder. Als dann die Sonne hervorkam, glitzerten sie und leuchteten in allen Farben. Ein winziger Tropfen saß ganz allein auf der Spitze eines Getreidehalmes. Er hatte hier einen wunderbaren Ausblick über das ganze Feld. Aber er war traurig, weil er meinte, dass alle seine Kameraden eine Aufgabe hatten. Die einen durften dafür sorgen, dass der Fluss genügend Wasser hatte, die anderen durften Blumen und Bäume gießen. Nur er saß hier oben und schaute in die Welt. Da kam ein kleiner Vogel geflogen, setzte sich auch auf den Getreidehalm und hat ihn verschluckt, weil er so durstig war. Da wusste der kleine Regentropfen, warum er gerade hier auf der Spitze dieses Halmes gelandet war.

Genauso ist es auch bei uns Menschen. Egal ob wir groß sind oder klein, arm oder reich, ein jedes hat seine Aufgabe an seinem Platz und alles hat einen Sinn. Auch wenn wir es nicht immer gleich erkennen.

Zwei Staubsauger unterhalten sich

Ach, sagt der rote Staubsauger zu dem grünen, der neben ihm im Geschäft stand, warum müssen wir den ganzen Tag hier in der Ecke stehen? Das ist soo langweilig. Ich würde gerne zu einer Familie kommen, in der es viele Kinder gibt. Da hätte ich wenigstens was zu arbeiten. Das wäre bestimmt interessant.

Ja, sagte der grüne Kollege. Oder irgendwo hin, wo ein Hund oder eine Katze lebt. Das wäre sicher auch ein Erlebnis. Also träumten die beiden so vor sich hin. Eines Tages kam eine Familie mit drei Kindern in den Laden und suchte einen Staubsauger, der viel schlucken kann. Der Verkäufer empfahl ihnen das rote Modell. Er sagte: „Der hier ist sehr leistungsfähig. Der schluckt allerhand. Der Vorteil ist, dass er keinen Beutel hat. Wenn er von den Kindern was verschluckt, kommt es wieder zum Vorschein." Die Leute waren begeistert und kauften ihn. Nun war das grüne Gerät traurig, weil es alleine dastehen musste.

Eines Tages kam eine Frau in das Geschäft und verlangte einen guten Staubsauger. Sie habe zwei Katzen und die würden überall ihre Haare verlieren. Der Verkäufer sagte: „Der grüne hier, das ist einer unserer Besten." Und weil der Schmutz gleich im Beutel gefangen sei, ist das für Tierhaare sehr von Vorteil. Nun freute sich dieser, dass auch er eine Aufgabe hatte. Als ihn sein neues Frauchen in den Keller trug, stand doch tatsächlich nebenan sein roter Freund.

Beide waren ganz erfreut, im gleichen Haus zu wohnen. Als der rote dann zum Einsatz kam, gab es in der Wohnung viel Arbeit für ihn. Er durfte jede Menge Staub schlucken. Aber da lagen auch Papierschnipsel von den Kindern auf dem Boden. Plötzlich sollte er ein Taschentuch verschlingen. Das war vielleicht anstrengend. Aber als es in seinem Bauch verschwunden war, schrie eines der Kinder auf. „Mein schönes Tuch, das brauche ich doch noch. Sonst kann ich heute Abend nicht einschlafen." Nun war der gute Staubsauger richtig traurig. Er wollte doch dem Kleinen keinen Kummer machen. Aber die Mutter beruhigte das Kind und sagte: „Das ist nicht so schlimm. Wir haben doch ein tolles Gerät ohne Beutel gekauft. Aus seinem Bauch können wir alles wieder herausholen."

Gesagt, getan. Die Mutter öffnete die Klappe und fand im Behälter das begehrte Tuch. Sie holte es heraus, schüttelte den Staub ab und wusch es kurz aus. Als es wieder trocken war, konnte der kleine Knirps wieder damit spielen. Er war glücklich und der Staubsauger freute sich auch darüber.

Ein anderes Mal bekam die Familie Besuch. Da war was los. Die hatten nämlich zwei Katzen dabei. Als sie wieder abgereist waren, wurde der Helfer eifrig durch die Wohnung geschoben. An allen Ecken und unter dem Tisch gab es mächtig viel zu schlucken. Denn die beiden lustigen Kätzchen waren mit den Kindern um die Wette getobt und beim Essen haben es die Kleinen auch nicht so genau genommen, da sie nämlich den Kätzchen etwas von ihrem Kuchen und von den Keksen abgegeben hatten. Außerdem hatten die Tierchen sehr viele von ihren Haaren verloren.

So freute er sich nach jedem Einsatz, dass er seinem grünen Kameraden im anderen Kellerabteil immer wieder neue Geschichten erzählen konnte. Egal, was ihm vor die Düse kam, er schluckte fast alles. Ob es Bausteine waren, welche die Hausfrau dann wieder aus seinem Bauch holen musste oder Schmutz und Staub, der wirklich für ihn gedacht war.

Auch der grüne Helfer im anderen Haushalt erlebte viel. Er durfte jeden Tag die Haare der Katzen schlucken. Weil das manchmal ziemlich viele waren, blieben sie zwischendurch an der Bürste hängen. Dort kitzelten sie ihn dann so lästig, dass er manchmal am liebsten mit seinem roten Freund gegangen wäre. Aber der tröstete ihn und meinte, es sei doch ihre Aufgabe, für die Menschen den Staub und die Haare zu schlucken. Dafür seien sie doch auf dieser Welt. Er erzählte ihm, dass es manchmal ganz wild scheppert und kratzt, bis so ein Baustein oder andere Kleinteile in seinem Bauch angekommen wären. Trotzdem machte es ihm immer wieder Spaß, dies zu tun. Er meinte, das sei doch viel lustiger, als nur im dunklen Keller zu stehen.

Und wenn man zu nichts zu gebrauchen ist und den anderen nicht helfen kann, dann ist es auch viel langweiliger.

Das sah dann auch sein grüner Kollege ein und ließ sich überzeugen, dass die Zeit schöner ist, wenn man sie nützlich verbringt.

Also nahmen die beiden eifrig ihre Aufgaben wahr und erzählten sich nach jedem Einsatz ihre neuesten Abenteuer.

Fritz darf in den Ferien zu seinem Onkel aufs Land.

Fritz freut sich jedes Mal, wenn er zu seinem Onkel aufs Land darf, um dort seine Ferien zu verbringen. Sein Onkel Peter hat dort in einem Dorf einen großen Bauernhof. Auf diesem wohnt auch Tante Else und sein Cousin Roland. Der ist nur ein paar Monate älter als er und so können die beiden Lausbuben viel zusammen unternehmen. Wenn es Zeit ist zur Ernte, fahren überall die großen Mähdrescher über die Felder. Onkel Peter hat zusammen mit ein paar Kollegen auch so ein Gefährt. Manchmal dürfen die Jungs auch mitfahren. Das ist immer ein tolles Erlebnis für Fritz. Da kann er richtig zusehen, wie das Getreide vom Feld abgedroschen und zur Mühle gefahren wird. Onkel Peter erklärt ihm, dass es dort gemahlen wird und am Ende dieses Vorganges das weiße Mehl aus der Maschine kommt, welches dann die Bäcker kaufen, um Brot und Semmeln zu backen. Als sie mit dem dreschen fertig sind, fahren sie mit dem Wagen voller Getreide zur besagten Mühle. Tante Else sagt zu Onkel Peter, er soll auch gleich einen Sack Mehl mit nach Hause bringen. Ihr Vorrat ist fast leer und sie möchte gerne wieder einen Kuchen backen. Außerdem hat Roland Geburtstag und wünscht sich zum Mittagessen Pfannkuchen. Darauf freuen sich Roland und Fritz schon die ganze Woche. Das ist nämlich Rolands Lieblingsspeise und Fritz mag sie auch besonders gerne.
Abends gehen die Burschen manchmal mit in den Stall. Sie schauen dann zu, wie die Kühe gemolken werden. Roland

weiß darüber genau Bescheid, was man dabei alles beachten muss um die Hygienevorschriften bei der Milchwirtschaft einzuhalten. Fritz passt gut auf. Er möchte seinen Freunden in der Stadt alles haarklein erzählen. Viel Spaß macht es auch, wenn gerade ein kleines Kälbchen auf der einen Seite im Stall in seinem eigenen Gehege ist, wo es dann besondere Milch zu trinken bekommt. Fritz durfte auch schon öfters den Eimer mit der leckeren Milch für ein Kälbchen an den dafür vorgesehenen Platz bringen und zuschauen, mit welcher Eile so ein junges Tierlein an der Vorrichtung am Eimer saugt. Es macht immer wieder Freude zuzusehen, wie groß der Appetit ist.

In diesem Jahr hat Tante Else wieder einmal ganz kleine Küken gekauft, welche sie großziehen will. Fritz darf auch immer wieder Roland helfen, junge Brennnesseln zu pflücken. Er ist ganz tapfer dabei, auch wenn sie ihn ein wenig pieksen. Die Jungs bringen das Grünzeug zu Tante Else. Die schneidet sie mit einem Messer klein und füttert sie dann den kleinen Hühnchen. Außerdem bekommen sie noch feine Haferflocken und ein spezielles Kükenfutter. Das beinhaltet dann alle Nährstoffe, welche wichtig sind, damit die kleinen flauschigen Tierchen gesund bleiben. Ganz wichtig ist es auch, dass sie immer frisches Wasser zum Trinken haben. Gespannt schaut Fritz zu, als er das erste Mal sieht, wie seine Tante dies macht. Noch nie hat er gesehen, wie so eine Getränkeglocke gefüllt wird.

Die Tante erklärt ihm genau, dass die kleinen Tierchen nicht aus einem großen Topf trinken können. Sie könnten hineinfallen und ertrinken. Deshalb gibt es diese speziellen Getränkebehälter für Hühnchen. Diese gelben Winzlinge haben es Fritz in diesem Sommer besonders angetan. Tante Else meint, wenn er in den nächsten Sommerferien wieder kommt, dann sind das schon richtig große Hennen und legen leckere Eier. Darauf freut sich Fritz schon jetzt. Am liebsten möchte er so ein kleines Etwas mit nach Hause nehmen. Aber Tante Else erklärt ihm, dass es dem kleinen Hühnchen in der Stadtwohnung nicht gefallen würde. Auch Hühnchen werden größer und brauchen einen Stall zusammen mit ihren Artgenossen. So bleiben Fritz nur ein paar schöne Bilder seiner Lieblinge und die Vorfreude aufs nächste Jahr.

In diesen Ferien hat Fritz wieder viel Neues gelernt. Und wenn er zuhause auf seine Kameraden trifft, hat er allerhand zu erzählen über seine Ferien auf dem Bauernhof.

Schneckenfreundschaft

In einer lauen Nacht im Mai treffen sich zwei Schnecken an einem Gartenzaun. „Hallo, sei gegrüßt, ich bin Schleimi. Ich wohne hier in diesem schönen Gemüsegarten bei Familie Pfefferkorn."

„Hallo, ich heiße Kriechi. Mein Zuhause ist hinter mir in diesem Gelände bei dem Gärtner Grünkraut. In meinem Zuhause habe ich viel Abwechslung. Ich kann mir jeden Tag eine andere Delikatesse zum Verkosten aussuchen. Hier muss ich nie Hunger haben."

Schleimi sagt: „Bei mir ist es auch sehr schön. Du musst mich unbedingt mal besuchen. Dann zeige ich dir mein Reich." Gesagt, getan. Drei Tage später kommt Kriechi auch schon zu Schleimi zu Besuch. Sie stellt fest, dass so ein Bauerngarten eine ganz andere Speisekarte zu bieten hat. Aber es gefällt ihr auch hier ganz gut. Sie erzählt ihrer neuen Freundin, dass das Gelände von den Grünkraut´s so groß ist, dass sie es noch gar nicht ganz gesehen hat. „Da musst du mich auch mal besuchen", sagt sie zu Schleimi. Dann gehen wir mal auf Entdeckungsreise.

Nach vielen Stunden auf dem Weg durch den Garten und mancher Kostprobe der jungen Pflänzchen verabschieden sich die beiden und Schleimi verspricht, die Freundin in einer Woche zu besuchen. Sie meint, bis dann sie die Gemüsepflänzchen auch nicht mehr so klein, aber noch fein zart. Wie besprochen, macht sich Schleimi wenige Tage später auf den Weg, um bei der Freundin deren Reich zu entdecken. Als sie über die Grenze kommt, wird sie schon erwartet. Aber nicht nur von Kriechi. Im Nachbargarten lebt auch eine Katze, ein Hund und ein Eichhörnchen. Aber davor braucht sich Schleimi nicht zu fürchten, erklärt das andere Schneckentier.

Dann erzählt Schleimi, dass sie schon ängstlich ist. In ihrem Reich wohnt nämlich auch eine Familie Igel. Da muss man immer aufpassen, dass man nicht gefressen wird. Nach einem Plausch über die anderen Gartenbewohner machen sich die beiden auf Entdeckungsreise. Kriechi erzählt der Kameradin, dass auf der anderen Seite des Geländes ein Beet hergerichtet wird. Wir wollen mal sehen, ob es dort heute noch junges Gemüse zu knabbern gibt. Auf dem Weg dorthin finden sie noch so manches zarte Blättchen. Doch plötzlich scheint die Sonne hinter den Wolken hervor. So schnell es geht, schlüpfen beide unter ein großes Blumenkohlblatt und verstecken sich. „Glück gehabt", sagt die eine zur anderen. „Hier können wir uns ausruhen bis es Abend wird, dann ziehen wir weiter." Abends machen sich beide erneut auf den Weg. Und tatsächlich, am neuen Beet angekommen, finden sie lauter junge Kopfsalatpflänzchen vor. Am Rand des Beetes hat der Gärtner aber Sägemehl ausgestreut. Er hofft, dass dies die unliebsamen Besucher aufhalten würde. Aber die jungen Pflänzchen waren zu verlockend. Also versuchten es die zwei gefräßigen Tierchen, über die Barriere zu kommen. Nach einigen Mühen haben sie es dann doch geschafft. Schleimi sagt zur Freundin: „Jetzt nichts wie fressen. Am besten bis morgen früh."

Als morgens die Sonne aufgeht, haben die beiden ihren Hunger fürs erste gestillt. Sie machen sich auf den Weg, ein schattiges Plätzchen zu suchen, bevor die Sonne richtig heiß vom Himmel scheint. Kriechi sagt: „Wenn wir ein Stück weiter in den Garten ziehen, wachsen dort große Zuchinipflanzen. Da können wir uns dann erholen. So ein Salatbeet durchzuknabbern ist doch ganz schön anstrengend."

In der nächsten Nacht möchte Kriechi der Freundin noch den anderen Teil des Geländes zeigen, der auch viel Nahrung bietet. Nach einem ruhigen Tag machen sie sich am Abend wieder auf den Weg. Plötzlich erschrecken sie, denn sie spüren, dass irgendwo Gefahr droht. Und tatsächlich, da will sich doch gerade ein hungriger Star auf sie stürzen. Im selben Augenblick jedoch stürmt der Hund von Familie Grünkraut in den Garten. Da erschrickt der hungrige Star und fliegt davon. Welch ein Glück für die beiden Freundinnen.

Nach diesem Schrecken kriechen sie so schnell es geht unter die nächsten Pflanzen. Die schmecken ihnen aber gar nicht. Als sie sich erholt haben, ziehen sie ein Stück weiter und entdecken ein Beet mit jungen Trieben einer unbekannten Pflanze. Vorsichtig probieren sie und sind sich einig, dass sie hier die Nacht verbringen. Sie essen sich wieder richtig satt und ziehen dann Richtung Gartenzaun, wo Schleimi zuhause ist.

Am anderen Morgen, als die Sonne sich wieder zeigt, verstecken sie sich am Rand einer Hecke. Dort verbringen sie noch den ganzen Tag zusammen und erzählen sich so manches Abenteuer, das ihnen so passiert ist. Am Abend dann verabschieden sie sich und Schleimi klettert wieder über die Abgrenzung in ihr eigenes Reich zu Familie Pfefferkorn.

Zuvor aber verabreden sie sich noch, dass sie sich den ganzen Sommer über alle zwei Wochen einmal am Zaun treffen und einen gemeinsamen Tag unter der Hecke verbringen. Dort wollen sie sich alle Abenteuer erzählen und bis zum Herbst Freundinnen bleiben.

Theo und Irene wollen den Osterhasen sehen

Als es Frühling war auf dem Bauernhof, wollten die Kinder den Osterhasen beobachten. Theo sagte zu seiner Schwester: „Wenn es jetzt wieder wärmer wird, dann kommt bald der Osterhase. Ich möchte ihn einmal sehen. Ich habe bis jetzt immer nur gesehen, wenn die Hühner Eier gelegt haben. Aber die sind nie so schön farbig, sondern immer nur braun oder weiß. Ich will unbedingt wissen, wie der Osterhase das macht."

Da meinte die Mutter, er soll nicht so neugierig sein. Sonst könnte der Osterhase erschrecken und gar nicht kommen. Doch Theo wollte sich das Ereignis nicht entgehen lassen. Also schaute er jeden Tag nach. Er lief durch den Garten und spitzelte unter jeden Strauch. Doch so oft er auch suchte, er konnte den Osterhasen nie finden. Da dachte er sich, ich will nun auch immer im Hühnerstall und in der Scheune nachsehen. Also machte er seine Runde größer. Er suchte hinter jedem Zweig im Garten, hinter den Bäumen, zwischen den Blumen und unter dem Gartentisch. Aber seine Suche blieb ohne Erfolg. So ging er durch die Scheune und lugte hinter das Stroh und hinter das Getreide, welches in der Ecke lag. Leider jedoch vergeblich. Zuletzt suchte er auch noch auf und unter den Maschinen, welche in der Halle und im Hinterhof standen. Jeden Tag versuchte er sein Glück aufs Neue. Aber so sehr er sich auch anstrengte, er konnte den Osterhasen nicht entdecken. Eines Tages, als er in der Scheune nachschaute, hörte er ein leises Rascheln im Stroh. Er schaute schnell nach, da flitzte eine Maus an ihm vorbei und sauste ganz flink in die nächste Ecke. Und schwupp, weg war sie. Theo freute sich zwar über das putzige Tierchen, war aber enttäuscht, dass es wieder nicht der ersehnte Osterhase war.

Sein Papa wollte ihm erklären, dass der arme Hase bestimmt sehr beschäftigt sei. „Er muss schließlich bis Ostern die ganzen Eier bemalt haben. Deshalb sitzt er sicher mit seiner ganzen Familie in seinem Bau, um fertig zu werden mit all den vielen Malarbeiten."

Trotzdem versuchte der Junge es jeden Tag aufs Neue. Aber so sehr er sich auch bemühte, seine Suche blieb erfolglos. Als dann der Ostersonntag nahte, wurde er ganz aufgeregt. Er konnte in der Nacht kaum schlafen. Irgendwann hielt er es nicht mehr aus und spitzelte aus dem Fenster. Da sah er gerade noch, wie ein dunkles Etwas über die Terrasse huschte. Da war er sicher, dass dies der Osterhase war. Ganz außer sich vor Freude schlüpfte er noch einmal unter seine Decke aber er konnte nicht mehr richtig zur Ruhe kommen. Als dann die Sonne aufgegangen war, hielt er es nicht mehr aus. Er schaute nach und stellte fest, dass die Eltern auch schon ausgeschlafen hatten. Schnell weckte er seine Schwester und erzählte allen, dass er den Osterhasen über die Terrasse huschen sah gesehen hatte. Er wünschte sich so sehr, sofort sein Osternest suchen zu dürfen. Aber es nützte nichts, zuerst wurde gefrühstückt.

Endlich war es dann so weit. Die Kinder durften hinaus, um ihr ersehntes Nest zu suchen. Als sie es gefunden hatten, behauptete Theo, genau an diesem Platz sei der Osterhase am frühen Morgen weggehoppelt.

Er erzählte seine Beobachtung so überzeugend, dass auch Irene ganz begeistert war über die schöne Arbeit, die der Osterhase auch dieses Jahr wieder geleistet hat.

Handy und Smartphone klagen
sich ihr Leid

Ein Smartphone beneidet das neben ihm abgelegte Handy. „Ach du hast es gut. Auf dir wird nicht den ganzen Tag herumgewischt. Wie gut, dass ich nicht in diesen Raum darf. So habe ich mal zehn Minuten Verschnaufpause."

Da erwidert ihm das Handy und meint: „Du hast ja gar keine Ahnung. Was glaubst du denn, wie weh es tut, den ganzen Tag in irgend so einer dunklen Tasche zu stecken. Und wenn mein Herr mich wirklich mal hervorholt, dann drückt er mit seinen großen Fingern auf meinen kleinen Tasten herum. Ich möchte manchmal schreien bei diesem Gedrücke. Da hast du es doch viel schöner. Du wirst den ganzen Tag gestreichelt."

„Das meinst auch nur du", sagt das Smartphone. „Kannst du dir vorstellen, wie unangenehm es ist, wenn ständig jemand an einem herummacht. Ständig wird alles fotografiert. Dann werden die Bilder überall herumgezeigt. Und jedes Mal wird auf meinem Display alles in die Größe gezogen und schwupp – auch schon wieder zusammen geschoben. Und das viele Male am Tag".

Das Handy meint, dass es doch schön sein müsste, so viele Bilder zu haben. „Ich kann keine Bilder machen", sagt es. „Mein Herr kann mit mir nur telefonieren. Aber die meiste Zeit stecke ich nur in seiner dunklen Tasche oder verschwinde zuhause in einer Schublade. Da muss ich zwischen vielen anderen Dingen warten, bis ich wieder heraus darf. Und wenn ich lange gelegen bin, weil mich mein Herr nicht beachtet hat, dann ist mein Herz, also mein Akku schwach. Dann wird mein Herr ungehalten und beschimpft mich. Er meint dann, wenn er mich schon einmal brauche, dann sei ich leer. Als ob ich leer sein könnte. Ich habe auch ein Innenleben. Und es tut mir weh, wenn er so ungehalten über mich schimpft. Schließlich ist es doch seine Aufgabe, für mich zu sorgen. Er muss mir doch Strom geben, wenn ich Kraft haben soll. Er isst und trinkt auch den ganzen Tag. Wenn er das nicht täte, ging ihm auch schnell die Kraft aus. Aber er hat es auch schön. Er kann selbst entscheiden, was er tut."

Das Smartphone ist der Meinung, dass es doch angenehm sein müsste, tagelang nur auszuruhen. „Stell dir vor, immer wieder wird eine neue App erfunden und ich muss das alles in mir tragen. Meine Besitzerin will immer auf dem neuesten Stand sein. Dabei bräuchte sie das meiste nicht. Sie führt es nur mit sich, um vor ihren Mitmenschen zu zeigen, was sie kann. An mich denkt keiner. Dabei ist es sehr schwer, nichts durcheinander zu bringen. Stell dir vor, die müsste das alles in ihrem Kopf haben. Das wäre sicher ein mächtiges Chaos. Aber von mir verlangt man stets Ordnung. Ich soll alles wissen und können. Den ganzen Tag wird an mir herumgeschoben und gezogen, ohne nachzudenken. Stets nach oben, dann wieder nach unten und wieder umgekehrt. Mein Display ist manchmal so schmutzig vor lauter wischen, dass ich mich direkt schäme in der Öffentlichkeit. Dabei ist vieles, was an mir gemacht wird einfach sinnlos. Aber ich muss es trotzdem aushalten. Am schlimmsten ist es, wenn sie auch noch im Auto an mir herumzerrt. Da hat sie mich nämlich einmal ganz lieblos auf

den Boden fallen lassen, nur dass mich die Polizei nicht gesehen hat. Ich kann dir sagen, das hat vielleicht weh getan."
Das Handy meinte dann, dass es auch gerne mal aus der dunklen Jackentasche heraus möchte. Aber wenn sein Herrchen mit dem Auto fährt, sei es auch immer im Dunkeln. „Ich möchte gerne auch mal was sehen von der Welt. Es ist nicht schön, wenn man nur für Notfälle hervorgeholt wird. Dann ist mein Herr meistens aufgeregt und drückt so heftig auf meine Tasten, dass es mir einfach nur weh tut. Er könnte ja auch ein bisschen gefühlvoller mit mir umgehen. Ich bleibe dabei. Es ist angenehmer, so gestreichelt zu werden wie du."
Das Smartphone ist da ganz anderer Meinung. Es würde lieber ab und zu irgendwo liegen und ausruhen. Es wäre schöner, als immer und überall herumgeschoben zu werden. „Es ist anstrengend, wenn ich durch das ständige Wischen so schnell hin- und herschalten soll. Wer soll das aushalten."
Der Mensch kann auch nicht ständig im Wechsel vor- und rückwärts gehen, ohne mal zu stolpern.
Am Ende sind sich also die beiden einig. Die goldene Mitte wäre besser.
Es ist nicht schön, tagelang unbeachtet zu sein. Aber es ist auch nicht gut, wenn man ständig im Einsatz ist. Man sollte auch mal Ruhe haben.
Das wäre für Menschen genau so gut wie fürs Handy und Smartphone.

Märchen

Der gestiefelte Kater

Der Müllersohn hat einen Kater
den erbte er von seinem Vater
und dieser Kater, der war schlau
saß nicht nur vor dem Mäusebau.

Er wollte helfen seinem Herrn
und sagt, ich mach es wirklich gern.
Dir soll ganz schnell geholfen sein
beschaff mir ein paar Stiefelein.
Verlangte dann noch einen Sack
und ging damit auf Rebhuhnjagd.

Und als er genug gefangen,
ist er zum Königshof gegangen.
Den König freute sehr der Fang,
lohnend war des Katers Gang.
So machte er es täglich neu,
der König hatte große Freud.

Als der Kater dann erfahren,
dass der König tät ausfahren,
schickt er seinen Herrn zum Bad im See
und sagte: „Frag nicht lang und geh" –
versteckte ihm ganz schnell die Kleider,
sagte dann zum König: „Leider
wurde grad mein Herr bestohlen" –

da ließ der König Kleider holen,
dass der vermeintlich reiche Graf
steigen konnt' aus seinem Bad.

Durft' in des Königs Kutsche steigen,
der Kater ging voraus ganz eigen.
Er kam an wohlbestellte Länderei
und fleißigen Menschen da vorbei.

Ob Wiese, Kornfeld oder Wald,
stets macht er bei den Leuten halt.
Die sagten ihm der Zauberer
von alldem der Besitzer wär.

Da sprach er: „Leut', gleich kommt der König –
ich versprech' euch nicht zu wenig."
Wenn er euch fragt, wem all dies wär,
sagt der Herr Graf wär euer Herr.
Und solltet ihr es so nicht sagen,
hat eure letzte Stund' geschlagen.

Plötzlich stand ein prächtig Schloss
vor ihm, das fand er ganz famos,
das war des Zauberers Gemach,
der Kater sogleich zu ihm sprach:
„Ich weiß, dass du der Beste bist" –
vor Lob übersah dieser des Katers List,
verwandelt sich in eine Maus

und schwupps, da war sein Leben aus.

Als des Königs Kutsche kam vorbei,
stand der Kater schon bereit,
lud den König freundlich ein
und sagt, das wär des Grafen Heim.

Die Tochter des Königs war auch mit dabei,
der Müllersohn hat sie bald gefreit –
und wie es bei Märchen meistens ist,
siegte das Gute mit des Katers List.

Der Wolf und die sieben Geißlein

Im Märchenland da gab's einmal
sieben Geißlein an der Zahl.
Die Mutter musste in den Wald
und sagte ihnen, ich komm auch bald.

Ich bring euch was zum Fressen heim,
doch lasst den bösen Wolf nicht rein.
Wenn ich komme rufe ich,
an meiner Stimm' erkennt ihr mich.

Als kaum die Geiß war tief im Wald,
kam schon der Wolf geschlichen bald
und rief, ihr lieben Kinderlein,
macht auf die Tür und lasst mich ein.

Niemals bist du unsere Mutter,
die ist im Wald und holt uns Futter.
Ihre Stimme ist weich und rein,
doch du brummst hässlich und gemein.
Der böse Wolf bist sicher du
und unsere Tür bleibt deshalb zu.

Sogleich der Wolf zum Kaufmann schlich
und brüllt sofort bediene mich.
Gib alle Kreide aus dem Laden
mir schnell, dann hast du keinen Schaden.

Dem Kaufmann wurde angst und bang,
so tat er was der Wolf verlangt.
Der fraß die Kreide ohne Halt
und schlich sich wieder in den Wald.
Er kam erneut auf leisen Sohlen,
sich junges Ziegenfleisch zu holen.

Vor der Ziegenhütte rief er,
ihr lieben Kinder höret her,
macht auf die Tür ich bring euch Futter,
ich bin eure liebe Mutter.

Doch am Fenster sahen sie
eine Pfote, oh weh doch die
war nicht weiß, nein die war braun
und recht hässlich anzuschau'n.

Du bist der Wolf schrien die Geißlein,
nein, dich lassen wir nicht rein.
Deine Pfote ist nicht weiß,
drum verschwinde, aber gleich.

Der Wolf schlich sich zum Bäcker leis,
doch der wurde auch ganz bleich.
Wickle du mir deinen Teig,
über meine Pfote gleich.
Wenn du nicht tust was ich dir sag,
dann war dies dein letzter Tag.
So nahm der Bäcker seinen Teig,
legt ihn um die Pfot' und streicht
ihn dann auch noch etwas fest.
Der Wolf die Backstub' dann verlässt.

Sein nächstes Ziel der Müller war,
diesem war es auch nicht klar,
was der Wolf wollte erreichen,
als er verlangt, Mehl aufzustreichen,
auf den angedrückten Teig,
doch er tat es einfach gleich.

So schlich der Wolf zur Geißenhütte,
äußert sogleich seine Bitte.
Macht auf ihr lieben Kinderlein,
eure Mutter ist daheim.

Die Stimme war so fein und leis
und auch die Pfote war schön weiß,
da machten sie die Türe auf,
dann nahm das Schicksal seinen Lauf.

Die Geißlein haben sich versteckt,
als sie den bösen Wolf entdeckt.
Im Schrank, im Bett und unterm Tisch,
doch es nützte alles nichts.

Der Wolf hat alle schnell gefunden,
flugs waren sie in seinem Bauch verschwunden.
Nur das Kleinste hat er nicht entdeckt,
es hat sich in der Uhr versteckt.

Er war nach dieser Mahlzeit satt
und von der Arbeit auch ganz matt,
er legt sich gleich am Brunnen nieder,
doch da kam Mutter Geiß auch wieder
vom Wald zurück und rief vor Schreck,
all meine Kinder sind nun weg.

Da schrie das Jüngste hol mich raus,
ich bin noch da, im Uhrgehäus.
Sie hörten wie der Wolf dort schnarchte
und mit der Schere schlich die Alte,
schnitt dem Wolf den Bauch gleich auf
und alle Geißlein hüpften raus.

Die Tierlein schleppten Stein um Stein
und legten sie in den Wolf hinein.
Die Mutter nähte zu den Bauch,
da wachte auch der Wolf schon auf.

Großer Durst jetzt plagte ihn,
da trabt er zu dem Brunnen hin.
Wollte doch nur Wasser trinken,
musst jedoch darin versinken,
denn die Steine zogen ihn,
einfach zu dem Abgrund hin.

Als die Geißlein das Geschehen
aus der Ferne da gesehen,
sie vor Freud beim Brunnen tanzten
und ganz laut und lustig sangen.
Der böse, böse Wolf ist tot,
wir haben hinfort keine Not,
können nunmehr glücklich leben,
ja, so gehen Märchen eben.

Das Märchen vom Hans im Glück

Der Hans, der ging auf Wanderschaft,
war sieben Jahr fleißig mit ganzer Kraft
und er hatte großes Glück,
bekam dafür Gold ein ganzes Stück.
Nachdem die Arbeit er gut getan,
trat er vergnügt den Heimweg an.

Doch das Gold, es wog so schwer.
Da kam ein Reitersmann daher,
der hatte ein gar edles Pferd,
das war dem Hans sein Gold wohl wert.

Ich reite heim auf Pferdes Rücken,
die Last des Goldes muss mich nicht drücken.
Doch das Pferd wollt' nicht wie er,
drum dachte er, dich geb' ich her.

Über eine Weile dann,
kam mit 'ner Kuh ein Bauersmann.
Der Hans tauscht Pferd nun gegen Kuh
und denkt, so hab ich Milch dazu.

Zog weiter munter noch ein Stück,
fast war perfekt vom Hans das Glück.
Doch die Kuh wollt' nicht wie er,
drum dachte er, dich geb ich her.

Da kam ein Bursche mit 'nem Schwein.
Der Hans, der denkt, das tausch ich ein,
bring es den Eltern mit nach Haus,
die machen feinen Schinken draus.
Da kam noch einer mit 'ner Gans
und wieder tauscht der gute Hans.

Zuletzt kam da der Scherenschleifer
und mit ganz großem Eifer,
überzeugt er schnell den Hans,
tausche gegen deine Gans
mit mir diesen schönen Stein,
der macht dir das Leben fein.
Du verdienst dein täglich Brot
mit Schleifen und hast keine Not.

Der Hans, der tauschte selbstbewusst,
doch irgendwann bekam er Durst,
legt den Stein am Brunnen ab
und bückt sich nur kurz hinab,
zu trinken von dem „Gänsewein",
da plumpste ihm der Stein hinein.
Jetzt hat er weder Gold noch Stein,
kehrt von der Wanderschaft nun heim.

Ach was hab ich für ein Glück,
kehr frohgelaunt nach Haus zurück,
hat sich der gute Hans gedacht
und mit dem Märchen Schluss gemacht.

Der Hase und der Igel

Der Igel und der Hase
die machten eine Wett,
wer über einen Acker
am schnellsten laufen tät.

Der Grund für diese Wette:
Der Hase lacht den Igel aus,
weil er so krumme Beine hätte,
die hielten doch nichts aus.

Der Igel kommt nach Hause,
erzählt es seiner Frau,
drum deine Hilf ich brauche,
denn ich bin wirklich schlau.

Des Igels Frau sie setzte sich,
ans Ende von dem Feld,
der Igelmann hat freudig sich,
zum Hasen hingestellt.

Und sprach wir können starten,
ich bin zum Lauf bereit,
will nicht zu lange warten,
verlieren keine Zeit.

Ich geb' dir sogar Vorsprung,
drei lange Hasenschritt
und dachte mit Begeisterung,
der soll nicht sehen meinen Trick.

Der Hase rannte flugs dahin
dem anderen Ende zu,
der Igel aber duckte sich
und dachte, lauf nur du.

Als der Hase kam ans Ziel,
rief schon die Igelfrau.
Alter Freund, ich bin schon hier,
doch der Has' verwundert schaut.

Das ist nicht möglich, sprach er dann,
das kann doch gar nicht sein,
zurück die Strecke schaff ich an.
Die Igelfrau freut sich gemein.

Dann stimmte sie dem Hasen zu.
So ging der Lauf zurück
und der Hase rannt' im Nu,
am Ziel den Igel er erblickt.

Viele Male ging das so,
bis des Hasen Kraft war aus.
Der Igel freute sich und froh
kehrt er mit seiner Frau nach Haus.

Die Moral von der Geschicht'
lach nicht den andern aus,
denn wer so hochmütig ist,
geht wie der Has' als Verlierer aus.

Die Bremer Stadtmusikanten

Ein Esel und ein Hund,
ein Hahn und eine Katz',
waren alt und nicht gesund,
drum war für sie kein Platz
bei ihren Herrn zu Haus,
so zogen sie hinaus.

Dann sagten sie zu sich,
wir ziehen jetzt nach Bremen,
dort machen wir Musik.
Wir müssen uns nicht schämen.

Es wurde Nacht und kalt,
das war für sie ein Graus.
Sie kamen in den Wald,
zu einem Räuberhaus.

Als sie durchs Fenster brummten,
saß die Räuberbande grad
am Tisch und ließ sich's munden,
bei Fleisch, Wurst und Salat.

Bei diesem Blick am Fenster,
ward ihnen angst und bang.
Sie meinten, die Gespenster,
die wären ihr Untergang.

Da rannten schnellstens sie hinaus,
tief in den dunklen Wald
und als sie weit entfernt vom Haus,
da machten sie erst halt.

Die Tiere freuten sich gar sehr,
an dem gedeckten Tisch,
machten sich übers Essen her,
ganz munter und ganz frisch.

Spät suchten sie sich einen Platz
für ihre Nachtruh' aus.
Dort am Ofen schlief die Katz,
der Esel vor dem Haus.

Der Hahn setzt auf die Türe sich,
da fühlt er sich zu Haus.
Der Hund legt in die Ecke sich,
Platz war im ganzen Haus.

Die Räuber kamen in der Nacht
nochmal zum Haus zurück,
die Tiere wurden davon wach
und sie streckten sich.

Die Räuber meinten Katzenaugen
seien feurige Kohlen,
als der Hund noch einen biss beim laufen,
der Teufel wollt' sie holen.

Drum eilend machten sie sich auf,
aus dem Staub für immer.
Die Tiere hatten ein Zuhaus',
wollten nach Bremen nun nimmer.

Rotkäppchen

Im Walde lief ein kleines Mädchen,
trug auf dem Kopf ein rotes Käppchen.
Als es sich dann so niederbückte
und ein paar schöne Blumen pflückte,
sprach ein Wolf: „Was suchst du hier?
Dieser Wald ist mein Revier."

Das Mädchen zeigt zum Häuschen drüben,
da muss Großmutter im Bette liegen.
Ich will sie nur mal schnell besuchen,
im Körbchen hab ich Wein und Kuchen.

Großmutter rief die Tür ist auf,
so nahm das Schicksal seinen Lauf.
Der Wolf zog die Mütze ihr vom Haar,
nahm von der Nas die Brille gar.

Hat dann die Dame schnell verschlungen
und ist in ihr Bett gesprungen,
versteckt sein Gesicht hinter Mütz' und Brille
und wartet so in aller Stille,
auf Rotkäppchen als nächste Beute,
denkt, ach wie gut geht es mir heute.

Das Mädchen kam ganz ahnungslos,
fragte Großmutter: „Ach wie groß
sind heut deine Ohren und Augen?"
Es konnte nämlich nicht recht glauben,
dass sie sich so verändert hat.
Als es noch ein paar Schritte tat,
sprang der Wolf schon aus dem Bett,
hielt das Mädchen ganz kurz fest,
verschlang es dann. So kam es auch
zu der Großmutter in des Wolfes Bauch.

Der war nun satt und ruhte aus,
in Großmutters Bett und schnarchte laut.
Da kam der Jäger, der dies hörte,
das laute Schnarchen ihn sehr störte.

Er denkt ich schau mal lieber nach,
die alte Dame war schon schwach.
Doch als er ins Haus geschaut,
hat er seinen Augen nicht getraut.
Warte nur du grimmiger Gesell,
heute bin ich endlich mal zur Stell.
Da kam ihm ein schlimmer Verdacht,
dass der Wolf die Großmutter vernascht.

So schnitt er dem Isegrim auf den Bauch,
da kam die Großmutter, aber auch
das Rotkäppchen wieder munter auf die Beine,
sprang und holte schwere Steine,
legte sie in den Wolf im Nu
und der Jäger näht ihn zu.

Als dann der böse Wolf erwachte
und ganz verwundert bei sich dachte,
ich muss in meinen Wald jetzt gehen,
konnte er aber nicht mehr stehen,
fiel um, war auf der Stelle tot.
Die Menschen hatten nicht mehr Not.

Der Jäger zog ganz fröhlich weiter,
Großmutter aß Kuchen und war heiter.
Rotkäppchen ging auch schnell nach Haus
und damit ist das Märchen aus.

Weitere Bücher der Autorin:

 **Gedanken aus dem Alltag:**

ISBN: 9783754309117

 **Gedanken für die Seele:**

ISBN: 9783754309100

 **Kindheit auf dem Bauernhof:**

ISBN: 9783754309094